祖孫共讀
經典繪本套書

臺語文本
手冊

親子天下
Education · Parenting
Family Lifestyle

a má ê kì tî tshiū nâ
阿媽的記持樹林

文・圖 崔永嬿

thòo á kiánn moo kî nî tsin ài lāu pē
兔仔囝毛奇妮真愛老爸，

mā tsin ài lāu bú　　　m̄ koh i siōng ài ê sī a má
嘛真愛老母，毋過伊上愛的是阿媽。

a má siánn mih to bat　　i kà moo kî nî tsíng tshài thâu　tshiah phòng se
阿媽啥物都捌，伊教毛奇妮種菜頭、刺膨紗、

pīnn tsháu nâ hām hue khoo　koh ū siok lú thòo á ê tsìng khak thiàu huat
辮草籃和花箍，閣有淑女兔仔的正確跳法。

a má kā moo kî nî kóng　　tú tiòh hôo lî ài sè jī
阿媽共毛奇妮講，拄著狐狸愛細膩，

m̄ koh m̄ thang kā sóo ū ê hôo lî lóng tòng tsò pháinn lâng
毋過毋通共所有的狐狸攏當做歹人；

hām bùn thôo tshí tsò hó pîng iú　　tuì in tn̂g tn̂g ê jiáu á ài sè jī
和鼢塗鼠做好朋友，對佀長長的爪仔愛細膩。

ū tsiah nī gâu ê a má　　moo kî nî kám kak tsiok hīng hok
有遮爾勢的阿媽，毛奇妮感覺足幸福。

m̄ koh m̄ tsai sī án tsuánn　a má tsuè kīn piàn kah tsiânn kî kuài
毋過毋知是按怎，阿媽最近變甲誠奇怪。

伊定定足無頭神，伊走去房間揣鍋仔，走去灶跤揣齒抿。

阿媽嘛定定共物件的講法拂毋著去，

伊共「橐袋仔」講做「屜仔」；

共「淺拖仔」講做「布攄仔」。

毛奇妮不時會共阿媽鬥揣物件，毋過沓沓仔愈來愈困難，

因為阿媽連欲揣啥物都講袂出來。

阿媽甚至袂記得厝裡的地址佮電話號碼，

袂記得朋友的名佮聯絡方式。

毛奇妮足煩惱，有一工阿媽嘛會袂記得伊。

以前，阿媽逐工攏會炁毛奇妮做伙去樹林散步，樹林就像阿媽佮毛奇妮的大花園。毋過這馬阿媽煞定定佇樹林裡揣無路，連轉去的路都袂記得。

有時，阿媽會想起一寡代誌，這个時陣伊會真傷心、真受氣，感覺家己變做一个無路用的老阿媽。

阿媽傷心的時，毛奇妮嘛會綴咧傷心。

伊共阿媽講：「我逐工陪阿媽來去樹林散步，炁阿媽轉來。我欲予阿媽共所有的代誌記牢咧。」

毛奇妮足希望會當轉去以前。

伊共厝裡逐項物件攏貼名，共阿媽朋友的電話號碼記佇簿

á -- lí　　koh tsò tsit tiâu tsiânn suí ê phuah liān hōo a má　　tíng bīn ū siá tshù -- lí ê tiān uē
仔 裡 ， 閣 做 一 條 誠 婧 的 袚 鍊 予 阿 媽 ， 頂 面 有 寫 厝 裡 的 電 話

hām tē tsí　　moo kî nî siūnn tsīn pān huat beh hōo a má kā sóo ū ê tāi tsì kì tiâu -- leh
和 地 址 。 毛 奇 妮 想 盡 辦 法 欲 予 阿 媽 共 所 有 的 代 誌 記 牢 咧 。

i pīnn hue khoo　　tsò tsháu nâ á hōo a má　　kah a má kóng in tsi kan ê sió pì bit
伊 辮 花 箍 ， 做 草 籃 仔 予 阿 媽 ， 佮 阿 媽 講 個 之 間 的 小 祕 密 。

i koh iōng kui ē poo uē tsit tiunn tshiū nâ ê tē tôo hōo a má
伊 閣 用 規 下 晡 畫 一 張 樹 林 的 地 圖 予 阿 媽 。

m̄ koh a má ê kì tî tō tshiūnn kap tôo　　tsit tè tsit tè lak -- khì　　bô -- khì
毋 過 阿 媽 的 記 持 就 像 敆 圖 ， 一 塊 一 塊 落 去 、 無 去 。

kap tôo nā phah m̄ kìnn　　tō tsin oh tshuē tò tńg -- lâi
敆 圖 若 拍 毋 見 ， 就 真 僫 揣 倒 轉 來 。

tsit má a má liân a pah tō bē jīn tit -- ah　　moo kî nî tsiok kiann
這 馬 阿 媽 連 阿 爸 就 袂 認 得 矣 ， 毛 奇 妮 足 驚 ，

i thau thau á teh siūnn　　a má bē kì tit siánn mih lóng bô iàu kín
伊 偷 偷 仔 咧 想 —— 阿 媽 袂 記 得 啥 物 攏 無 要 緊 ，

tō sī m̄ thang bē kì tit guá
就 是 毋 通 袂 記 得 我 。

moo kî nî it tit kā a má thê tshénn tshù -- lí muí tsit ê lâng ê miâ
毛 奇 妮 一 直 共 阿 媽 提 醒 厝 裡 每 一 个 人 的 名 ，

i siūnn beh kā a má phah bô--khì ê kì tî kap tôo lóng tshuē tńg--lâi
伊想欲共阿媽拍無去的記持敆圖攏揣轉來。

m̄ koh kuè bô guā kú a má liân a bú mā bē kì tit--ah
毋過過無偌久，阿媽連阿母嘛袂記得矣。

moo kî nî it tit kî tó bô iàu kín a má nā mài kā guá bē kì--tit tō hó--ah
毛奇妮一直祈禱：「無要緊，阿媽若莫共我袂記得就好矣。」

i tsiok hi bāng m̄ thang koh ū kap tôo bô khì
伊足希望毋通閣有敆圖無去。

m̄ koh a má ê kì tî kap tôo kè siók teh phah m̄ kìnn kuè bô guā kú a má liân moo
毋過阿媽的記持敆圖繼續咧拍毋見。過無偌久，阿媽連毛

kî nî mā bē kì tit--ah i bē kì tit moo kî nî ê miâ bē jīn tit ka kī ê tsa
奇妮嘛袂記得矣。伊袂記得毛奇妮的名，袂認得家己的查

bóo sun moo kî nî tsiok siū khì a má nā ē tàng bē kì--tit--i
某孫。毛奇妮足受氣，阿媽若會當袂記得伊？

i sī a má siōng hó ê tshit thô phuānn--ah
伊是阿媽上好的迢迌伴啊！

tsit má a má suah bē kì tit moo kî nî
這馬阿媽煞袂記得毛奇妮，

連個之間所有的祕密嘛攏總袂記得。

阿媽無愛毛奇妮矣！

毛奇妮足驚的，伊毋知欲按怎。

受氣的毛奇妮決定伊嘛無愛阿媽，

伊嘛欲共阿媽放袂記！

毛奇妮決定今仔日無欲焄阿媽去樹林散步。

伊想講若無看著阿媽，就會當袂記得阿媽。

毋過樹林的一切，攏予伊想起阿媽。

規个樹林充滿毛奇妮和阿媽的回憶。

毛奇妮愈想欲共阿媽放袂記，想起來的代誌就愈濟。

tsiok bô kong pênn　　sī án tsuánn a má ē tàng kā guá pàng bē kì
「足無公平，是按怎阿媽會當共我放袂記，

guá suah jú lâi jú siūnn--i
我煞愈來愈想伊？」

moo kî nî kám kak tsiânn uí khut　　i kui lōo khàu tò tńg--khì
毛奇妮感覺誠委屈，伊規路哭倒轉去，

siūnn bē kàu tńg kàu tshù thâu tsîng　　kìng jiân khuànn tiòh a má khiā tī mn̂g kha kháu khàu
想袂到轉到厝頭前，竟然看著阿媽徛佇門跤口哭。

a má tshuē lí bô　　kip kah tit tit khàu
「阿媽揣你無，急甲直直哭。」

a bú kóng　　　a má siánn lâng to bô ài　　kan na ài moo kî nî
阿母講：「阿媽啥人都無愛，干焦愛毛奇妮。」

moo kî nî kám kak tsiok giâu gî　　sī án tsuánn a má tshin tshiūnn bē kì--tit--i
毛奇妮感覺足僥疑，是按怎阿媽親像袂記得伊，

suah koh tshin tshiūnn tsai iánn i sī siánn lâng
煞閣親像知影伊是啥人？

阿母安慰毛奇妮：「阿媽毋是袂記得毛奇妮，毋過因為破病，所以才想袂起來。阿媽心內上深上深的所在，猶是真愛你。所以伊無愛別人，干焦愛毛奇妮。」阿母問毛奇妮，敢願意炁阿媽去樹林行行咧。

毛妮奇頷頭，阿媽歡喜甲笑出來。

像較早全款，阿媽佮毛奇妮佇樹林裡快樂度過規下晡。

一直到日頭斜西，

兩个人才寬寬仔行轉去。

五百羅漢交通平安

gōo pah lô hàn kau thong pîng an

文‧圖 劉旭恭

阿媽行足遠足遠的路，
a má kiânn tsiok hñg tsiok hñg ê lōo

伊去山頂的廟裡求一張平安符。
i khì suann tíng ê biō--lí kiû tsit tiunn pîng an hû

阿媽共平安符結佇個孫的胸前，
a má kā pîng an hû kat tī in sun ê hing tsîng

符仔頂寫：「五百羅漢交通平安」。
hû á tíng siá　　gōo pah lô hàn kau thong pîng an

對彼陣開始，個孫毋管去佗位，平安符攏掛牢咧。
tuì hit tsūn khai sí　in sun m̄ kuán khì tó uī　pîng an hû lóng kuà tiâu--leh

五百羅漢一直綴佇身軀邊保護伊。
gōo pah lô hàn it tit tuè tī sin khu pinn pó hōo i

囡仔三歲矣，有一工伊去山頂，
gín á sann huè--ah　ū tsit kang i khì suann tíng

無細膩跋落去山崁，
bô sè jī puàh-lòh-khì suann khàm

五百羅漢手牽做網仔跳落去救伊。
gōo pah lô hàn tshiú khan tsò bāng á thiàu--lòh-khì kiù--i

siōng bué gín á pîng an lóh lâi kàu thôo kha sann tsáp lák uī lô hàn suah siak-lóh-khì khenn khàm
上尾，囡仔平安落來到塗跤，三十六位羅漢煞摔落去坑崁。

gín á lák huè ê sî tsē hue lîng ki tshut kok thinn tíng hiông hiông thàu tuā hong
囡仔六歲的時坐飛行機出國，天頂雄雄透大風，

sì pah lák tsáp sì uī lô hàn tiām tiām á suan tshut--khì tòng luān liû
四百六十四位羅漢恬恬仔旋出去擋亂流。

siōng bué hue lîng ki sūn lī kàng lóh tshit tsáp jī uī lô hàn suah hōo hong tshue-khì
上尾，飛行機順利降落，七十二位羅漢煞予風吹去。

gín á káu huè ê sî thâu tsit pái tsē tsûn puànn mê hái bīn siōng tuā hái tiòng phoo thinn khàm tē
囡仔九歲的時頭一擺坐船，半暝海面上，大海漲鋪天崁地

tshînn uá--lâi sann pah káu tsáp jī uī lô hàn thiàu lóh khì sio tháh kā tsûn á thènn kuân kuân
瀎倚來，三百九十二位羅漢跳落去相疊，共船仔掌懸懸。

siōng bué tsûn tíng ê lâng lóng pîng an tsiūnn huānn bē sǹg tit tsè ê lô hàn hōo hái íng ká khì
上尾船頂的人攏平安上岸，袂算得濟的羅漢予海湧絞去。

hit mê gín á khùn lóh bîn liáu āu iáu tī leh ê tsáp lô hàn uî înn khoo tsē tsò hué
彼暝，囡仔睏落眠了後，猶佇咧的十羅漢圍圓箍坐做伙，

tuā su hiann kóng tsin hi bāng lán ē tàng ū koh khah tsē lát thâu kah sî kan
大師兄講：「真希望咱會當有閣較濟力頭佮時間。」

láh tsik hué teh iô su hiann tī lóng tiām tiām bô tshut siann
蠟燭火咧搖，師兄弟攏恬恬無出聲。

日子一工一工過去，十羅漢閣較團結矣，

個認真保護囡仔，有閒就拍拚練功夫，

增強家己的氣力。囡仔嘛漸漸大漢，成做一位少年。

有一工，十二歲的少年家己坐火車去較遠的所在，

行到半路，列車雄雄敗馬敨去從出鐵枝路，

十羅漢即時跳出車外，伸出雙手拚勢共火車擋咧。

真久真久，列車總算停落來矣。

反過的車廂內烏煙一陣一陣濆出來，

羅漢徛騰騰共昏去的少年圍咧，

猛閣炎的火共九位師兄弟吞落腹，

大師兄強欲哭，毋過伊楗牢咧毋予家己倒落去。

這時，燒氣共少年燙精神，

伊出力褫開目睭，頭前細細的人影搖咧幌咧。

真猛掠，伊共羅漢抱咧從出車外。

有影大漢矣呢～

大師兄略仔笑一下，用最後的一點仔氣力對少年合手行禮，

慢慢化做火烌予風吹對天頂去，少年目屎含袂牢輾落來。

少年共平安符敨落來，用手斟酌共挲，

伊看對遠遠拍殕光的天邊，

自按呢，開始行向一个人的旅途。

無要緊，無要緊

文・圖 伊東寬
© HIROSHI ITÔ 1995

guá iáu tsiok sè hàn　　a kong mā iáu tsin ióng kiānn ê sî
我猶足細漢，阿公嘛猶真勇健的時，

ták kang guá kah a kong lóng huann huann hí hí tsò hué khì sàn pōo
逐工我佮阿公攏歡歡喜喜做伙去散步。

sui jiân　guán kan na sī tī guán tshù hù kīn khin khin sang sang teh sàn pōo
雖然，阮干焦是佇阮厝附近輕輕鬆鬆咧散步，

m̄ koh suah tshin tshiūnn khì tī tuā hái kah iâu uán ê kuân suann tíng mōo hiám kāng khuán　tsiok khuài lȯk
毋過煞親像去佇大海佮遙遠的懸山頂冒險仝款，足快樂。

m̄ kuán sī tsháu á　tuā tsâng tshiū　tsiȯh thâu á　kuân kuân ê thinn tíng　sè tsiah thâng thuā
毋管是草仔、大欉樹、石頭仔、懸懸的天頂，細隻蟲豸，

tōng bȯt á　lâng iȧh sī tshia
動物仔、人，抑是車。

ū sî tsūn　tō liân tng teh puann nn̄g ê káu hiā　iȧh sī phīnn thâu tiȯh siong ê niau mi
有時陣，就連當咧搬卵的狗蟻，抑是鼻頭著傷的貓咪。

a kong lóng kā in tòng tsò lāu pîng iú　tsiok un jiû khin sang kah in kóng uē
阿公攏共佪當做老朋友，足溫柔輕鬆佮佪講話。

guá nā kah a kong tshiú khan tshiú　sè sè pōo á teh kiânn lōo　guá ê sè kài tō ná tshiūnn hōo
我若佮阿公手牽手，細細步仔咧行路，我的世界就若像予

人施展魔法，變甲足曠闊。
lâng si tián môo huat　piàn kah tsiok khòng khuah

毋過，心適、趣味的代誌愈濟，
m̄ koh　sim sik　tshù bī ê tāi tsì jú tsē

討厭佮可怕的代誌嘛愈來愈濟。
thó ià kah khó phà ê tāi tsì mā jú lâi jú tsē

對面的阿健，無代無誌共我拍，
tuì bīn ê a kiān　bô tāi bô tsì kā guá phah

愛變鬼變怪的阿美，逐擺看著我就激鬼仔面。
ài pìnn kuí pìnn kuài ê a bí　ta̍k pái khuànn tio̍h guá tō kik kuí á bīn

狗仔齴牙， ngáu ngáu ngáu 咧共我吠。
káu á giàng gê　　　　　　　　　　teh kā guá puī

汽車 siú 一聲從過來。
khì tshia　tsi̍t siann tsông--kuè - lâi

我聽講，有時飛行機會對天頂栽落來。
guá thiann kóng　ū sî hue lîng ki ē tuì thinn tíng tsai--lo̍h - lâi

四界攏有可怕的細菌颺颺飛。
sì kè lóng ū khó phà ê sè khún iānn iānn pue

不管我偌拍拚，猶是有足濟字看毋捌。
put kuán guá guā phah piànn　iáu sī ū tsiok tsē jī khuànn m̄ bat

有時我會想，我是毋是會一直按呢袂大漢。

阿公逐改攏會安慰我。

伊共我的手拎牢咧，細細聲共我講：「無要緊，無要緊。」

「無要緊，無要緊。」毋免勉強參別人做伙耍。

「無要緊，無要緊。」真少有車佮飛行機會來挵你。

「無要緊，無要緊。」破病抑是著傷，大部份攏會家己好。

有時就算無用喙講，嘛會當互相了解對方的心意。

這个世界，毋是干焦有歹代誌。

「無要緊，無要緊。」阿公攏會按呢共我講。

毋知當時開始，我和阿健、阿美攏變做好朋友矣。

而且我嘛無予狗仔食去。

幾若擺，我跋倒著傷，幾若擺，我破病艱苦，毋過上尾攏好起來。我毋捌予車挵著半擺，飛行機嘛無栽對我的頭殼頂落來。我想，就算是足僫讀的冊，總有一工，我一定讀會曉。我想，我以後一定會拄著閣較濟閣較濟的人、動物、草仔、樹仔。

我愈來愈大漢，阿公煞愈來愈老矣。

這擺換我矣。

我共阿公的手拎牢咧，

一直講：「無要緊，無要緊。」無要緊喔，阿公。

<ruby>外<rt>guā</rt></ruby><ruby>媽<rt>má</rt></ruby><ruby>阿<rt>a</rt></ruby><ruby>貝<rt>puè</rt></ruby><ruby>拉<rt>la</rt></ruby><ruby>的<rt>ê</rt></ruby><ruby>禮<rt>lé</rt></ruby><ruby>物<rt>bùt</rt></ruby>

文・圖 希西莉雅・瑞茲

a puè la bē kā nî ná tshut sì hit kang pàng bē kì
阿貝拉袂共妮娜出世彼工放袂記。

hit kang ê thinn tíng tsiok tshing khì　tshia lōo mā tsiok an tsīng
彼工的天頂足清氣，車路嘛足安靜，

tshiūnn tsit khuán jit tsí　tī bik se ko tshī mā tsiânn tik piàt
像這款日子，佇墨西哥市嘛誠特別。

a puè la tē it pái pō nî ná ê sî　i sim lāi tshiong buán un jiû
阿貝拉第一擺抱妮娜的時，伊心內充滿溫柔。

sui jiân nî ná khó lîng bē kì -- ti -- ah　m̄ koh i ing kai ē tàng kám siū tiòh the tī a puè
雖然妮娜可能袂記得矣，毋過伊應該會當感受著㨻佇阿貝

la tshiú kut -- lí hit tsióng sio lō hām ài
拉手骨裡彼種燒烙和愛。

nî ná hām a puè la ū tsiok tsē sî kan lóng tàu tīn
妮娜和阿貝拉有足濟時間攏鬥陣。

in tsin ài pian tsit kuá hó tshiò ê kua oo pèh luān tshiùnn
個真愛編一寡好笑的歌烏白亂唱。

in tsin ài tshiú khan tshiú sèh lin long　sèh kah gông tshia tshia
個真愛手牽手踅玲瑯，踅甲楞捙捙。

a puè la tsin ài kà nî ná án tsuánn ka bik se ko thuân thóng ê tsián tsuá khiú ki
阿貝拉真愛教妮娜按怎鉸墨西哥傳統的剪紙搝旗。

nî ná--leh　i tsin ài lāng a puè la tshiò
妮娜咧，伊真愛弄阿貝拉笑。

m̄ koh　in siōng ài--ê　sī tsi̍t kuá tsin kán tan ê tāi tsì　ta̍k lé pài ji̍t
毋過，個上愛的，是一寡真簡單的代誌，逐禮拜日，

in ē tiām tiām tsē tī kong hn̂g　tsia̍h înn înn ê tinn mī pau　khuànn kiânn lâi kiânn khì ê lâng
個會恬恬坐佇公園，食圓圓的甜麵包，看行來行去的人。

ū tsi̍t kang　a puè la ū tsi̍t ê siūnn huat　i siūnn beh ta̍k lé pài khiām jī tsa̍p pi soh
有一工，阿貝拉有一个想法。伊想欲逐禮拜儉二十披索，

tán tsînn khiām kàu gia̍h　i siūnn beh bé tsi̍t hūn ti̍k pia̍t ê lé bu̍t hōo nî ná
等錢儉夠額，伊想欲買一份特別的禮物予妮娜。

bô tiānn tio̍h　sī tsi̍t tâi kha ta̍h tshia　hōo nî ná ē tàng khiâ khì tha̍k tsheh
無定著，是一台跤踏車，予妮娜會當騎去讀冊。

bô tiānn tio̍h　sī tsi̍t tsiah káu á　ē tàng puê nî ná sńg
無定著，是一隻狗仔，會當陪妮娜耍。

bô tiānn tio̍h　a puè la ē tàng tshuā nî ná khì tsîng kàu tan m̄ bat khì kuè ê hái pinn á
無定著，阿貝拉會當焉妮娜去從到今毋捌去過的海邊仔。

a puè la tsin tsiànn án ne tsò
阿貝拉真正按呢做。

ta̍k lé pài gōo khang khuè tsò suah liáu āu
逐禮拜五工課做煞了後，

i tō ē tàn tsi̍t kuá pi soh ji̍p khì i ê pì bi̍t kuàn á--lí
伊就會擲一寡披索入去伊的祕密罐仔裡。

sî kan tsi̍t kang tsi̍t kang kuè khì　nî ná tuā hàn--ah　a puè la koh khah lāu--ah
時間一工一工過去，妮娜大漢矣，阿貝拉閣較老矣。

佇墨西哥生活愈來愈艱苦。

物件的價數愈賣愈貴，遐的人又閣枵又閣鬱卒。

阿貝拉的日子嘛閣較歹過矣。

有一禮拜，伊無賰落來的披索會當囥入去祕密罐仔裡。

無偌久，政府閣改變貨幣制度，

百姓著愛共個手頭的舊銀票提去換做新的銀票。

舊的紙票袂當閣再使用。

閣有一件代誌嘛有改變，妮娜放學了後會佮朋友做伙耍，

伊無像以早按呢定來看阿貝拉。

阿貝拉著比平常閣較拍拚做工課，這予伊不時攏足忝。

阿貝拉和妮娜並毋是無閣再相愛，

put jî kò　ū sî tāi tsì tō sī ē piàn tsò án ne
不而過，有時代誌就是會變做按呢。

ū tsit kang　nî ná siūnn tiỏh i tsiok kú bô khì khuànn a puè la -- ah
有一工，妮娜想著伊足久無去看阿貝拉矣，

i kuat tīng beh khì a puè la in tau tsit tsuā
伊決定欲去阿貝拉個兜一逝。

i kàu uī ê sî　a puè la bô tī -- leh
伊到位的時，阿貝拉無佇咧。

tshù lāi khuànn--tiỏh ū tām pỏh á luān koh lóng tsuân ing　ia
厝內看著有淡薄仔亂閣攏全埃埃。

guá tsai iánn--ah　nî ná siūnn kóng　guá ē tàng hōo a puè la tsit tiám á　ì guā
「我知影矣，」妮娜想講，「我會當予阿貝拉一點仔意外

ê huann hí　tán a puè la tńg--lâi ê sî　tsia tō ē tshing khì koh sù sī
的歡喜。」「等阿貝拉轉來的時，遮就會清氣閣四序。」

nî ná sim lāi án ne siūnn
妮娜心內按呢想。

piànn sàu ê sî　nî ná tsù ì tiỏh tsit ê hōo lâng tshàng khí--lâi ê kuàn á
摒掃的時，妮娜注意著一个予人藏起來的罐仔，

lāi bīn tsảt tsảt lóng sī kū pi soh
內面實實攏是舊披索。

ah　hāi -- ah　nî ná siūnn kóng　tsia ê tsînn lóng bē īng tit -- ah
「啊，害矣！」妮娜想講，「遮的錢攏袂用得矣。」

阿貝拉轉來看著妮娜的時，伊心內閣一擺充滿溫柔。

「妮娜，」阿貝拉講：「看著你足歡喜的！哇！你看，我
的灶跤變甲足無仝款！」

「我想欲替你做寡代誌！」妮娜講。

「你看，我閣揣著這！」

阿貝拉真傷心講：「我想欲買一項特別的禮物予你，毋過
我袂記得共錢儉去佇佗位！這馬遮的紙票攏毋值錢矣！」

「無要緊，」妮娜講，「我想著一个好辦法！」

妮娜和阿貝拉用遐的舊銀票，做足濟超級媠的剪紙摸旗。

紲落來的彼个禮拜日，阿貝拉和妮娜鬥陣去公園，個那食
圓圓的甜麵包，那看行來行去的人。

遮的猶是個上愛做陣做的代誌！

祖孫共讀，讀故事，也讀生命

文／後青春繪本館主編 盧怡方

　　曾經有位退休軍人爺爺來跟我學如何為剛出生的小孫女說故事，聽著軍人爺爺從原來鏗鏘有力的讀書聲，逐漸軟化為和諧溫柔的朗讀聲，看著他與我分享小孫女聽故事時的影片，爺爺嘴角的笑意與滿足的神情，都讓我難以忘懷。還有一位七十多歲的奶奶，為了想與孫子女創造更多回憶，花了許多時間與精神，學習用繪本寫下自己的故事，希望藉此和孫子女分享自己的人生。戰後嬰兒潮世代的爺奶有別於傳統時代的長輩，他們不斷學習，走出舒適圈，為自己裝備更多跨世代的溝通能力，用更有創意的方式傳遞愛孫的心意。

　　由爺爺奶奶為孫子女說故事的題材可以更廣泛，因為長者豐富的人生閱歷能為孩子開啟多角視野，也注入高濃度的養分。《祖孫共讀經典繪本套書》特別選讀四本以祖孫相處為主題的故事內容，其中《外婆阿貝拉的禮物》是來自墨西哥的故事。動盪的時代，人民受貧窮之苦，外婆工作存錢，想為孫女準備一份特別的禮物。可惜生活並不順遂，日漸年老的外婆忘記存錢的位置，以致於舊鈔不能使用，但孫女創意的巧思將花花綠綠的鈔票變換為漂亮的剪紙藝術，滿室繽紛的拉旗妝點祖孫美好的回憶。價錢轉化為價值，訴說在艱難的生活中，親人間互相的關懷與體貼，正是生命永恆的幸福之光。這樣的題材在繪本中非常獨特，故事中的外婆即便年邁仍需工作，自力更生；長大的孫女也不像小時候那麼頻繁與外婆相處，這些都是真實生活的縮影，也讓祖孫共讀時，有更多話題與想法可以分享。爺奶可以說說過去的生活景況，孫子女也可以聊聊沒見面的日子，自己都在做什麼。祖孫依偎在一起共讀共享，彼此陪伴閱讀的畫面也會成為孫子女一輩子的珍貴回憶。

祖孫共讀經典繪本套書臺語文本手冊

臺語文本｜盧廣誠

責任編輯｜李寧紜　美術設計｜陳雅惠　行銷企劃｜陳詩茵
發行人｜殷允芃　創辦人兼執行長｜何琦瑜　總經理｜袁慧芬
副總經理｜林彥傑　副總監｜黃雅妮　版權專員｜何晨瑋、黃微真

出版者｜親子天下股份有限公司　地址｜台北市 104 建國北路一段 96 號 4 樓
電話｜（02）2509-2800　傳真｜（02）2509-2462　網址｜www.parenting.com.tw
讀者服務專線｜（02）2662-0332　週一～週五：09:00~17:30
傳真｜（02）2662-6048　客服信箱｜bill@service.cw.com.tw
法律顧問｜台英國際商務法律事務所・羅明通律師
總經銷｜大和圖書有限公司　電話：（02）8990-2588

出版日期｜2020 年 8 月第一版第一次印行

─────── 訂購服務 ───────
親子天下 Shopping｜shopping.parenting.com.tw
海外・大量訂購｜parenting@service.cw.com.tw
書香花園｜台北市建國北路二段 6 巷 11 號　電話（02）2506-1635
劃撥帳號｜50331356　親子天下股份有限公司

立即購買 >